어긋난 세계

산지니시인선 020

어긋난 세계

박종인 시집

산지니

| 시인의 말 하나 |

과
녘
에
서
어긋난
세계가
도
미
노
현상을
빛고 있다

| 차례 |

제2부

제3부

제4부

제 1 부

인생 성공가이드

칼잡이
어느 대문 앞에 선다.

집주인이 비명을 지른다.
칼잡이 비명에 놀라 재빨리 대문 밖을 빠져나온다.
집주인의 입에서 나온 비명이 귓전을 찌른다.
칼잡이 마음에서 피가 철철 흐른다.
다음 집 문의 벨을 누른다. 딩동, “누구세요.”
칼을 소개합니다.
인터폰으로 보고 있던 집주인이 기겁한다.
인터폰을 끈다.
다음 집은 아예 대답이 없다.
그래도 포기하지 않는 칼잡이
다음 집 벨을 누른다.
벨 소리가 나지 않는다.
이번엔 노크한다.
주인이 문을 열고 나온다.
들고 온 칼을 소개한다.

우린 그보다
좋은 칼을 소지하고 있으니 필요 없습니다.
쾅 닫고 들어간다.

다음 집을 두드린다. “누구세요.”
네.
어긋난 가정에서
이 칼을 사용한다면 문제가 생기지 않습니다.
사용법을 알려드릴 테니 칼을 사용해보시지요?
“좀 들어오시겠어요.”
칼을 다루는 솜씨가 고수 중의 고수다.
이 날카로운 비수로 마음에 칼자국을 표시하십시오.
그리고 불화로 어긋날 때마다
수시로 칼을 사용해야 합니다.
하루 분량의 칼질을 정하십시오.
마음에 깊게 자국을 내십시오.
이 보조 칼도 이렇게 저렇게 칼을 사용해야 합니다.
다음에 또 관리 차원에서 계속 사용법을 보여드리겠습니다.

칼을 몇 개 남겨놓고
그 집을 나와 다음 집의 벨을 누른다.

한 청년의 목소리가
“누구세요”
“잠깐 뵙겠습니다.”
“무슨 일입니까?”
“네, 영과 육의 골수를
생각까지 발라내는 말씀을
소개 중입니다.”

어긋난 세계

시간은 세 시에 사망했다.

여기는 에덴, 젊고 싱싱한 차들이 쌩쌩 달린다. 갑작스레 사과 하나 훔쳐 먹자 도미노 현상이 전개된다. 멀쩡하던 도로가 용량을 초과한 트럭에서 큰 통을 하나 떨어뜨린 것 같다. 문제가 많은 세상이다 도로는 급속히 구부러지고 휘어지고 차에서 뛰어내린 통은 폭탄이다. 도로가 꽝꽝 폭발한다. 질병과 불안전이 연쇄 충돌한다. 비명은 역대급이다. 직진으로 달리던 속도는 쓰러지거나 주저앉았다.

사고의 파편이 이리저리 튕긴다. 뒤따라오던 오후의 이마에서 피가 흐르고 의식이 흐릿해진다. 속도는 방전되고 주말의 고속도로가 폭발한다. 사람들도 폭발한다. 도로변 가로수들도 덩달아 폭발하고 길의 꼬리는 점점 늘어난다. 피비린내 나는 역사의 뒤안길이다. 마지막 날의 특징들이 튀어나온다.

길가에 잠복했던 레커차가 구급차보다 발 빠르게 달려오

고 하이에나 떼처럼 득시글, 사람들이 신음을 낚아챈다. 사건들이 아파서 아우성친다.

모순

어긋난
세상의 아이러니는
아무개의 주검을 안타까이 애도한다.

덮치는 차로부터 소년을 구출하다 사고를 당했단다.
틀림없이 극락 갔을 거라고 눈물 콧물로 애석해했다.
그가 취한 희생정신이 온 땅과 하늘을 울게 했다고

큰 나무가
쓰러졌다고

뉴스고
신문이고

아직도
할 일이 많은데 급작스런 사고 탓을 했다.

오늘은 그의 장례식

가족과 지인들도 그를 보내기 아쉬워
침통한 얼굴로 곡소리를 냈다.

TV를 지켜보다 문득 저렇게 슬퍼하고 안타까워
할 게 아니라 축하해야 할 일이 아닌가.

극락이 보장될 만큼 바른 생활을 했고 생명을 구하다
이 세상을 등졌다면 저세상에서 공로가 인정될 텐데
편하고 행복하게 살라고, 기쁘게 보내줘야 할 일 아닌가.
그런데 왜 저토록 비통해하며 아파하는 것일까?

틀림없이 극락에 갔을 거라는 확신이 없어서
반어적 형태로 나타난
이 사회의 잘못된 자가당착 아닐까.

다양한 죄수복

카오스를 연다.

꽃이 작품을 진열하고 들판의상실을 개장하여 축제를 벌인다. 품위를 선보이는 세련된 미시족의 화려한 맵시가 비치됐다. 은은하게 혹은 강렬한 컬러로

발 빠르게 비싼 옷을 골라 입은 오늘이 꽃송이와 어울려 사진을 찍는다. 현실적인 코디의 퍼스널 컬러 아이템을 지인에게 보낸다.

누구나 기피하는 의상도 있다. 침침한 눈과 노쇠해가는 낡은 옷을 한탄하는 글이 올라와 있다. 계절에 따라 상처의 강도가 다르다고 여기저기 덧댄 아픔이 눈에 띈다. 반복되는 악순환에 긍정적 사고를 하라고 댓글을 단다.

낙원의상실이 문을 닫을 때 조상은 나뭇잎으로 치마를 입었고 후손은 생로병사를 입었다고, 인류를 독생자의 피에 씻어 흰옷을 입도록 초대한다. 자신은 사랑이라는 의복을

가봉 중이라고 의상실이 화사한 얼굴로 주문받는다. '좋아요'를 누르고

카카오스토리를 닫는다. 메이커 세상이 죄라는 옷을 만들어 입히고 종교는 죄를 세탁하고 깨끗한 flower를 비치한다. 애쓰는 거라고 중얼거리며.

위대한 예술가

전시장엘 갔다.
열과 성의 진열이 눈부시다.
작품에 문외한인 눈에도 대단함이 느껴진다.

점에 그려진 고밀도의 청사진
1+1=1이 2, 4, 8이란 배의 수치로
60조 이상 늘어날 훌륭한 수확

고도로 복잡한 조직적 배열, 다른 기능으로의 변화. 동일한 공장이 수천 개, 각 공장에는 기계가 수천 대, 두뇌, 보는 눈, 듣는 귀, 뼈, 신경세포, 피부세포 각 공장마다 완전한 하나를 만들게 되어 있다.

모든 기계는 놀라운 기관들을, 원할 때만 원하는 정보를, 필요한 지시를, 선택하도록 조절하고 억제하는 능력이 있다. 다른 기계는 모두 쉬게 하고 오직 한 대의 기계만이 가동되어 한 개의 부품만을 또 다른 공장은 다른 부품을 생산하면서 다른 공장들이 만들어낸 모든 부품을 완벽하게 조립하도록 되어 있다.

기적의 신비 DNA

관람객이 감탄사를 연발한다.

한 평론가가 작품을 악평한다.
그림이 먹물 한 방울 떨어뜨려 놓는 것에 불과하다나?
사람들 고개를 갸우뚱한다.
쇼크다. 관심을 쏟는다.
여론이 안 좋다. 작가가 몰린다.
작가는 묵묵히 듣고 있다.

에이 히.
나라면 진화론자들을
명예훼손으로 고발하겠다.

추수감사절

표준에서 어긋난
키 크고 싱거운 가족이 있다.
아내는 소금을 볶는 사람이다.
소금 볶듯 들들댄다.
손은 소금을 젓는데 입이 총구였다.
항상 탄환을 장전하고 있다.
가족을 총알로 조절한다.
입이라는 총은 자동 조준된다.
아들과 딸에게도 두어 방 쏘고
남편에게 주로 총구가 향해 있다.
총알을 들들 쏘아댄다.
소금총알을 맞은 탓에 짜다 못해 완전
자린고비가 되고 있다.
거머쥐면 내놓을 줄 모른다.
그래서 아내는 적당히 볶기 위해 따발총을 조절한다.
맹훈련을 거듭한다.
맛을 제대로 내는 소금은 금값이 된다.
상황에 간이 적절히 배어 맛있다. 이제

따발총 대신 볶은 소금으로 이름 있는 요리사가 된다.
집과 음식점에 언제나 웃음꽃이 피어난다.
늘 사람을 생각하는 요리를 한다.
어긋났던 가정이 빛으로 환하다.
가족이 모두 거듭난다.
상상의 열매들이 맺힌다.
때는 바야흐로
추수감사절이다.

솔로몬의 재판

창문을 내려다보다가 서서 걷는 사람보다 앉아서 가는 이가 더 많은 것을 본다. 어긋난 세계의 현실이다. 머리가 띵하다. 내가 서 있는 곳이 재판장이 앉은 위치라는 생각에 서서 걷는 이와 앉아서 가는 이를 재판석에 앉히기로 했다.

재판장,
서서 걷는 사람 당신은 도움이 뭔지 어려움이 뭔지 아는 사람이라고 보오. 마음도 몸도 건강해서 '참을 인' 자를 하나씩 더 가지고 있는 것 같은데 맞소?

서서 걷는 사람,
재판장님 저를 칭찬하시는 것 보니 진리를 아시는 분 같습니다.

앉아서 가는 사람,
재판장님 저는 어떻다고 보십니까.

재판장,

당신은 어긋난 세계를 조장하는 사람이라고 보오. 좋은 것, 편안한 것만 찾는 사람이잖소. 좋은 위치에 오르기 위해서는 그 자리를 사기라도 할 사람이오. 주변을 볼 줄도 모르오. 장님처럼 더듬거리며 문제만 만들 사람이오.

앉아서 가는 사람,
서서 가는 사람은 그렇게 잘 보아주시면서 저한테는 왜 그렇게 부정적인 평가를 하는 겁니까?

재판장,
서서 가는 사람은 세상을 아름답게 보고 아름다움을 분출시키기 때문이오. 꽃들을 보시오. 꽃이 독을 품어 내는 것을 본 적 있소? 멋진 자태와 향기를 보는 이에게 선사하지 않소. 하나를 보면 열을 알 수 있지 않겠소.

세상에 이용당하자

나는
어긋나 있는
이 세상을 많이도 원망했었다.
눈 감으면 코 베어 가는 세상
눈 뜨고도 코 베이는 세상
등쳐먹는 세상 등치는 세상
그러면서 손해 보지 않으려고 본전 생각만 했었다.
누구에게든 무엇에든 인색했다.
그것이 나를 잃어버리는 것인 줄도 모르고

손해 보는 것이
코를 베이는 것이
등을 내밀어 주는 것이

남는 장사인데 이기려고 발버둥을 쳤다.

제 자랑에 자기중심적이고 좋은 것만 원하고
시기하고 미워하고 나를 망가뜨리는 것인 줄 모르고

무엇이든 취하고 가지려고만 드는
현 세상에 흡수되어 그것에 심취해 있었다.

나누어 줄 수 있는 것이 내가 가진 것.
이용 가치가 있는 것이 내가 쓸모 있는 것.

잃어버리지 않으려고 할 때 없어지기 시작하고
욕심낼 때 누추하고

진실을 외면하는 추락인 것을.

즉결심판

더벅머리 총각은 정말 미남이었죠. 건강한 얼굴에 불그레한 뺨은 달콤한 사과 같았죠. 아삭 한입 베어 물면 CO2를 제공했죠. 힘찬 폭포수와 산새와 꽃들도 그를 장식했죠. 더벅머리가 좋아! 사람들 그에게로 모여들어 향기를 노래했죠.

본래의 아름다움이 어긋나기 시작했죠. 야금야금 문명의 단맛에 쪼개지고 부서졌죠. 총각의 머리숱이 확연하게 적어졌죠. 사람들 식성은 메뚜기 떼 같았죠. 벌레 먹은 과일이 더 달콤하다고 야금야금 운명의 단맛에 쪼개고 부수었죠. 본래의 아름다움이 어긋났죠. 총각의 머리숱이 확연하게 적어졌죠. 도시계획은 뭉텅뭉텅 숲을 깎고 땅을 훼손했죠. 더벅머리 이마가 황량해졌죠. 주변머리 소갈머리에 다닥다닥 집들이 심겨지고 매연과 공해는 총각에게 모자를 씌웠죠. 숨쉬기 곤란했죠. 양심이 농익은 불빛들로 위험신호를 냈죠. 피부색이 시커멓게 변하고 열을 올렸죠. 온몸의 통증은 건강검진과 치료방법을 요구하고 있었죠.

은연중, 지구에게 유해를 가한 다수의 피고가 즉결심판에 곧 회부되겠죠. 더더욱 심각한 건 관계를 모르는 사실이 더 치명적 병이랄 수 있죠.

뒷걸음질

처음
사랑을
잃어버렸다.

좋아서 입으로 내어놓지 않고는 못 배기던 그 열정이
행복해서 같이 행복하자고 만나는 사람마다
붙들고 얘기하던 순수함이 저만큼 어긋나버렸다.

맛. 있. 다. 고.
한술 떠보라고

권하면서
희열감에 들떴던 그 감격을 잃어버리고
지금은 당연하고 덤덤해져버렸다.

아니,
실망과 회의까지 느끼고
이 길이 맞는지 잘못된 건 없는지

의심하면서
뒷걸음질을 쳤다.

그렇다,
초심으로 돌아가야겠다.
온 힘을 다하여 뜻을 기울이던
그때만 같아도 되겠다.

내 전부를 걸어도 좋았던 이보다 좋은 것이
없다고 이를 위해 살겠노라고 외치던
그 순수와 경건한 정성과 아름다운
영혼의 옷을 입어야 하겠다.

아니,
반성의 도가니를 지나
뒷걸음질은 소,
쥐나 잡게 따돌리고

앞을 향해 달려가야만
하겠다.

긍정적 사고

전 세계가 코로나로 어긋났다. 크고 작은 공포가 비행기 타고 몰려다닌다.

이번엔 코로나가 자동차를 탔다. 그 덕에 이기적 태도가 뒷걸음을 치더니 이제는 파랗고 동그랗게 멈춘다. 호수 같은 사랑이 서로를 끌어당긴다. 작은 사랑이 열매를 맺더니 자아제일주의와 자기자랑 시대를 이긴다. 흐트러트린 어긋남도 무너뜨리고, 맛있고 달콤한 바름이 백신처럼 끼어든다. 마구 굴러다니던 흥청망청도 밀어내고, 어긋나 있는 세상이 잊고 살았던 아름다움이 각 가정에서 팔랑팔랑 헤엄친다. 마주치지 않은 확진자에게도 바다처럼 넓고 깊게 따뜻한 마음이 전달된다. 걱정하는 심사가 모든 사심을 내려놓고 진정과 진정이 이어진다. 평행선에서 넌지시 바라보는 파란 동그라미와의 관계, 전 세계가 애착이 생겨 서로서로 TV를 타고 자선을 파랗게 요구한다. 어긋난 세계를 바로잡고 인류의 적 바이러스를 지구 밖으로 밀어낸다.

변종들, 저만큼 물러난다!

카인의 후예

시합이다.
오뚝이가
뒤뚱뒤뚱 술 취했다.
똑바로 서지 않고 자꾸만 거꾸로 선다.
앉는 줄 알았더니 돌아눕는 궁수
쓰러지지 않으면 오뚝이가 아니란다.
점점 어긋나게 부추기는 세상
손짓과 유혹에 넘어지고 일어서기를 반복한다.

자기 꾀에 취한 오뚝이
분노에 사로잡히고
치고받고 엎어지고 뒤집어지고
자기를 잊어버린다.
선수도 관람객도 영역 표시를 넘어선다.

화살이 과녁을 향해 날아간다.
맘대로 자유를 휘두른다.
죽음의 그림자가 멀리 어긋난 길로 내달린다.

오뚝이 다시 무대에서 일어나지 못한다.

숨죽인 오열
손뼉 치는 관객들
주먹이 날아다니고 혼란을 부추기던 심판관이
아수라장을 빠져나간다.

외면당하는 궁수를
풍선처럼 소쿠리에 담아 띄운다.
콧방귀에 활의 줄 끊어지고
오뚝이가 낭떠러지에서 곤두박질친다.

화살은 날아가는 중심도 없다.

과녁이 뒤따라가고 있다.

사형수

"죽은 자가 걸어간다."

복도가 몇 번이고 복창한다.
병색이 있는 것도
사고를 당한 것도 아니다.
아주 건강해 보인다.

왜?

감방에서 끌려나온 중범죄가
죽음을 향해
걸음을 떼고 있어서이다.

세상이 감옥이다.

어긋남이 모든 사람에게
사형선고를 내렸다.
눈앞에서 죽음의 장면이

비일비재하게 펼쳐진다.
형 집행이 진행되고 있다.
모든 육체가 형장으로
한 걸음 한 걸음 떼어놓고 있다.
삶의 보폭이 줄어들고 있다.

이미 죽은 사람들이다.

제 2 부

기다림을 보았다

십 년 못 본 강산 훌쩍 낯설다. 상전벽해라더니, 세월의 주름을 달고 있는 느티나무, 제법 터를 늘렸다. 허나 제자리 보행의 어긋남이다. 서너 걸음 곁에 톱날이 다녀갔다. 그루터기가 의자로 변하는 과정은 짧고 상처는 길다. 나는 강산에게 적인가. 아군인가. 산을 떠나 마을에 뿌리내린 나는 동거인가. 별거인가. 나무와 나무의 간격은 사람의 간격만큼 예민하다. 새로 이주한 잡목들이 지지대도 없이 버틴다. 근성이 좋은 뿌리가 보이지 않는 지팡이다. 아버지의 걸음이 찍힌 오솔길은 사라지고 그늘은 나무 벤치가 차지했다. 훌쩍 키가 자란 대화를 그들은 해독할 수 있을까. 나무뿌리에 걸려 넘어지던 어긋난 붉은 무릎 기억할 수 있을까. 기다림이 무성하다. 어쩌면 나를 기다리고 있었을, 시간에 쫓겨 떠나간 열차

나무들의 무릎을 보았다.

십 년 뒤 나의 모습을 앞당겨서 보았다.

자기중심적인

어긋난
불안전성은
무엇이나 자기중심적이다,

토박이 그녀가
늘 지나다니는 20년 된 안경점을 못 본 것이나
한 십 년 살면서 마을 버스정류장 앞 10대들이 자주 찾는
양품점을 못 본 것이나
모두가 자기가 믿는 종교가 참이라고 믿는 것이나
애인 없으면 5급 장애인이라면서
우리 집 그이만은, 집사람만은 하고 믿는 것이나

한 사람을 놓고 어느 사람은 비도덕적인 빨간색으로 보거나
어느 사람은 도덕적인 파란색으로 보거나
사과를 잘라먹으면서 왼쪽 면만 보거나
전체를 보거나
진화를 보거나

창조로 보는 것이나,

사랑의 불시착

보고 또 보고
사랑의 박음질은 악기다.

보고픔이 한밤을 지휘한다.
정이 묻어나는 바리톤의 목소리

자꾸만 얼굴이 어린다.
어긋나게 재단한다.
슬픈 멜로디의 악보는 촘촘한 스티치

유난히 높은 음이 된다.
두드러진 사랑의 표시랄까
음계가 절망의 늪을 헤쳐 나온다.

사랑은 그녀를 비밀스레 성악가로 만들고
얼기설기 얽힌 사연들이 궁금해진 타인은 말을 건넨다.

싹을 틔우지 못한 가난한 에로스가

쓰디쓴 노랫말로 드러난다.

숨이 차오르는 발성은 소프라노 사랑이다.

실낱같은 희망이다.
사랑의 음계가 하얀 천을 마름질한다.
반달 모양의 선으로 재단한다.

영혼의 절대 음을 만들어야
그녀에게 올 수 있다는 말이 자꾸 맴돈다.

높은음의 아름다운 연주로
바느질을 계속할 수 없게 된 그녀는 눈물샘이 된다.
구경꾼, 끝없이 다듬고 조율해야
사랑이 완성될 수 있다고 마지막 퍼즐처럼 힘을 준다.

각본대로 음정과 박자는 어긋나고
사랑은 불시착한다.

박음질과 음악은 계속되어도
어긋나게 살아가야만 하는 숙명
그래서 그녀는 노래를 멈추고 마음을 돌려
한 땀 한 땀 자신을 뜯어낸다.
떠나는 뒷모습이 애처롭다.

삶과 음악을 고스란히 바치려 했던
그에게 말 없는 X를 건넨다.
눈앞에서 음계들이 어른거린다.

죽느냐 사느냐
혼란스러운 사랑의 불시착

시각적 사유

나는
몽유병 환자예요.

뇌에 문신이 새겨졌는지 생각이 사고를 치면
어느새 고향을 훔치고 있어요.

향수병이랄까 마음의 담장을 넘은 탈옥수랄까
어긋난 인생

수배전단
인상착의 같은
일기장을 펼치고 있어요.

일곱 살 소꿉놀이 그림이 그려진 풍경
타향만리 떠나온 숨죽인 죄인을
포근한 어머니 품이 안아주어요.

몇십 년 가보지 못한 목메게 그리운 마음의 쉼터

떠나온 고향의 체취가 애닳기만 해요.

지금도 범죄자가 되어
아무도 몰래 어릴 적 고향의 둘레를 배회해요.
마음의 발소리 따라가 보면
칡넝쿨 우거지고 돌담으로 둘러친

섬세하고
정 넘치고
끈적거리고

물, 공기, 바람까지도 재잘재잘 소리내어요.
가슴속 깊이 숨겨놓은
그 옛날 내가 태동했던 자궁 속 아늑함이에요.
오늘도 비슷한 무엇이 뇌리를 스치면
지난 삶이 수갑을 채우고
고향이 스케치되어 끌려와요.
지난 삶의 흔적에 빨간 줄이 그어져요.

무자비하게 정신을 지배하는
몽유병은
형벌처럼 몽타주로 시비를 걸어요.
과거의 목을 잡고 아프게 조이는 듯해요.

오늘도 나는 나도 모르게
독특한 음영, 명암으로 감방을 만들며
옛날의 필름을 현상하면서
날마다 고향을 펼쳐 들고
편집하는 몽유병 환자가 되어요.

대학가요제

캠퍼스에
푸른 대나무들
마디마디 소리를 몸 안에 가두고 있다.
어긋난 줄로 고고하게 서서 웅크릴 줄 모른다.
튼실한 자존심, 풀리지 않는 매듭이 옹골지다.
크고 작은 사연들이 구멍 속에 갇혀 노래로 바뀐다.
언제나 대쪽으로 세워진 고자세다.
마디마디 가득 찬 소리가
세상에 나오려는 높은 음계들이
방방 가득 마디로 굵어간다.
올곧음이 일관된 자세다.
꼿꼿이 허리 펴고 서 있는 대나무들
마디만큼 세파를 겪어도
꺾이지 않는 절개
줄기차게 칼날 세우고 키를 키운다.

비바람이 몸서리쳐도
태풍이 열꽃을 피워도

끄떡도 않는 저 태연함
팽팽한 울음을 아픔에서 길러내
소리로 표현한다.
꼿꼿하게 굽힐 줄 모르는 푸름으로
세상 향해 외치고 있다.

어긋난 세상의 풍파를 가슴에 품고
울음을 가둔 채 팔뚝같이 뻗고 있다.
대나무들
강인한 정신으로 하늘과 땅 사이에서
품은 뜻을 세상에 내놓는다.
강인한 푸름으로 긴 세월 지휘한다.
노래를 꽃으로 피워낸다.

세상의 현황

두 명의 남자가
나란히 등을 내어놓고 무릎을 꿇고 엎드려 있다.
무슨 죄가 그리 큰지 무거운 덩치를 등에 업고 고역이다.
고문에 지친 모습이다.
패자의 힘든 역할이 마음을 아프게 헤집는다.
위에서 누르고 있는 덩치는 무엇이 그리 기분 좋은지
칙칙폭폭 칙칙폭폭 소리 내며 흥겨워한다.
잔인한 야유다.
승자의 근성을 다 드러내놓고 있다.

다문화 세계의 내국인과 외국인이
도시와 농촌이 갑과 을이 위아래가 안과 밖이
계층과 계층이 식민지 지배자와 피지배자가
우파와 좌파가
세상의 비리와 부조리가
역사라는 등짝에 업혀 장면 장면을 싣고 있다.
끝도 없는 철로를 승자 패자가 되어 달리고 있다.
성격이 다른 기차와 철로가

승자는 기분 좋게 업히고
패자는 전쟁포로처럼 무릎 꿇고 등을 내주며
업그레이드된 상황으로 열차는
쭉쭉 뻗은 철로 위를
오늘도 달리고 있다.

1%의 온도 차이

그녀를
떠올리면 설렘이 다가왔어.
감탄사 자체랄까
그림자엔 싱그러운 향이 풍겼지.
그녀를 만나려는 걸음은 북을 치고 웃음이 스며 있었어.
그런데 웬걸? 이번에 마주했을 땐 생각이 어긋났어.
싱싱함 대신 쓸쓸하고 소진한 늙음이 함께 있었지.
젊음을 잡아보려는 안간힘이 버둥거렸어.
내 모습을 하고 있었지.
꽃잎을 발화해내고 소진을 씹으며
시들시들 넘어가는 해넘이랄까
기대를 어긋낸 발걸음이었지.
두드러진 가지들만 인상적이었어.
실망이 틈새로 삐죽삐죽 고개 내미는 찰나
잔칫집보다 초상집 가는 게 낫다고 했던가.
마음을 다잡으며 어긋난 생각의 꼬리를 자르려는데
엥! 이게 웬일?
그녀가 앙상한 모습으로 하늘을 열어주는 거야.

자세히 보니 지는 꽃이 아니라 피기 전이었어.
겉모양은 스산해 보이나 미래를 환히 비추려고
햇볕을 쬐면서 벚꽃 알갱이를 펼치려고
톡톡 불투명한 내공을 축적하고 있었어.
물이 잔뜩 오른 채 눈물 찔끔거리며
밖을 살피는 눈들이 오글거리는 그런,
뒤늦은 임신에 자신의 모든 것을 걸고
태아의 발육과 정서를 위해 정갈한 마음으로
사물의 말을 경청하면서
몸가짐을 가지려는 모습이 역력했지.
그래 어긋난 중년이라고 희망이 없는 게 아니야.
아직 만발할 벚꽃 출연이 남아 있어.
뭐든 정신세계의 각도와 관점에 따라
생각하기 나름이라고
인생도 일상도 어긋남도
1%의
온도 차이인 것 같아.

밥 먹는 도서관

내가 세상에 태어났을 땐 온통 식탁뿐이었지. 나는 태어나자마자 밥을 먹기 시작했어. 몸이 성장하면서 사물을 마음으로 먹었지. 책은 모든 것을 바꿨어. 달아나던 꿈도 붙잡고 차근차근 수집한 정보들이 어긋나게 달리는 세상을 만나게 했어. 시야를 넓혀주었지. 언어와 활자로 된 밥상은 식욕을 부채질했고 골수까지 파고들었어. 나도 어긋남을 꼬집는 밥상을 차리고 싶어졌지. 요리의 전문가가 되어 영양가를 따지고 싶었어. 직접 양념까지 버무린 반찬을 만들었지. 맛을 선보이며 먹고 짓는 일에 집중하다 도서관도 세웠어.

어느 날 기회가 왔을 때 내 도서관을 펼쳐 놓고 공개했지. 몸집을 조금씩 부풀렸어. 먹는 일과 내놓는 일을 분류했지.

세상의 더 큰 도서관들은 책과 작가를 구분했어. 칸을 만들고 번호를 매겼지. 제목이 거리감을 만들거나 없앴어. 도서관들이 어긋나게 온라인이 이동도서관으로 몸집을 부풀렸지. 내 도서도 한두 개 기증했어. 실은 내 정신적 도서관을 배 불린 곳이 그 도서관들이거든. 지금은 올바른 재료로 색

다른 도서관을 만들고 있어. 그 큰 도서관들에게 밥 먹이는 일이 요즘 들어 내가 꾸는 꿈이야.

진정한 효도

수도가 어긋났다.
새어 나온 물이 일자를 그리고 있었다.
휴가 얻은 아들 흥건한 도로를 밟고 왔다.
회사 공모전에서 일 등 했단다.
한 번만 사정 봐달라 진급 앞둔 상사를
거절했다고 자랑이 한 아름이었다.
그 후 도로는 완전히 터지고 한강을 이루고 있었다.
아들 휴가가 끝날 무렵
상사의 차에 치여 복부를 심하게 다쳤다.
의식 잃고 사경을 헤매고
고의적인 사고로 의심이 조사를 의뢰했다.

복부를 가르기 시작했다.
대형수술이라 많은 사람이 달라붙어 작업했다.
살점을 드러내고 그 안에 뚜껑 없는 굴을 뚫기 시작했다.
살점들과 핏자국이 흥건했다.
수술시간은 길어지고 사람들은 초조했다.
대수술이 힘들게 안절과 부절로 어긋난 곳을 봉합했다.

배관을 삽입하고 오줌을 흘려보내는 통로가 완성되자
뚜껑을 새로 만들고 살점들을 채워 인공피부를 덮고
감쪽같이 대형수술은 성공적으로 끝이 났다.

아들 수술에서 깨어나 상사 일을 그냥 덮자고 했다.
아버지는 위로받고 경찰서를 찾았다.
어긋남을 잊기로 했다고 선처 부탁하고
상사는 감격하여 아버지에게 극진했다.
아들 하나 더 얻고

무사히 마친 도로공사 포클레인이 물러가자
정체되었던 길들은 속력을 내기 시작했다.

시간 구하기

– 慾心 欲心

왜 아직도 배부르지 않을까?

어긋난 세계의 시간은 먹어도 먹어도 배가 고프다. 갈대를 마구 흔드는 갈대밭의 바람처럼 무수한 시간을 허기진 듯 잡아먹는 사람들. 소화도 시키지 않고 걸신들린 것처럼 통째로 시간을 먹어 치운다. 걸인도 배를 움켜쥐고 갈대 한 뭉치 들고 큰 입 벌려 마구마구 집어넣는다. 잘려 나간 갈대 대궁도 두 개 가지고 시간의 개념도 없이 갈대의 부풀려진 보푸라기, 시간을 먹어 치운다. 자꾸자꾸 집어삼킨다.

갈기갈기 찢어진 갈대 바람만이 세차게 어루만지고, 소일거리로 소진되는 시간들 채워지지 않는 배를 움켜쥔 바람, 식성이 다른 태풍은 게 눈 감추듯 집채만 한 크기도 부숴 먹는다. 덩치 큰 태풍은 눈치 없이 사업을 어긋낸 시간들에 자국만 크게 만들어놓고 자리만 덩그러니 남긴 채 온데간데없다. 고양이 세수한 것같이 지저분한 주변, 우울한 마음이 낭비되는 시간 속으로 빈 그릇 핥으며 먹을 것을 찾는다.

돌아눕는 갈대 떼, 어긋난 세계의 끝도 없는 욕심과 시간을 바람과 태풍이 잘도 흉내 내고 있다. 욕심이 먹어 치운 시간, 낭비한 시간을 갈대를 긁어모으듯 흘려보낸 시간들, 뒤돌아보며 계획된 시간 사이사이, 적재적소 배치된다. 제대로 된 정신이 시간을 설계한다. 시간을 구하고 있다.

만유인력의 법칙

한 연사가 명강연으로 어긋나 있던 수많은 청중의 마음을 세탁하고 방망이질도 한다는데 감동이 찌들고 더러워져 있던 마음을 깊숙한 곳까지 빨아버려 반성의 도가니로 몰아넣기도 한다는데,

작가 조셉 콘래드는 잘 조합한 호소력으로 어긋난 세상을 움직이고 비볐다는데, 마크 트웨인도 청중이 집중할 한마디 말로 맘을 두드리고 다녔다는데,

시인 제임스 러셀 로웰도 패트릭 헨리같이 자유 아니면 죽음을 달라고 호소 했다는데, 수천수만 청중을 세탁하여 정결한 맵시로, 불꽃놀이 절정처럼 결론을 맺으라 했다는데,

세탁기는 빨래의 더러움을 씻어내는데, 어긋난 말에 찌든 마음의 때는 빠지지 않아 세상을 어지럽게 돌리고, 낭떠러지로 민다는데,

진심으로 전하는 말이 힘으로 작용하여 세탁기보다 빠르

게 도는 지구를 떨어지지 않게 생명체들을 구하고 있다는데,

나도 아인슈타인의 만유인력의 법칙 같은 성찰을 끌어내 축약적인 말로 울림을 주어 사람들의 마음을 휘어잡을 수 있어야 하는데.

단점을 장점으로

어긋난 세계에서의 1월 10일, 외출 중에 공인을 만났다. 만인이 만나는 그 공인이 오늘따라 등을 톡톡 두드리며 모두를 꼭 안아준다. 그래서 만나는 사람마다 그 공인의 따뜻함을 이야기한다.

1월 22일, 그 공인이 운다. 오래 울지 않으면 우는 날을 기다리기도 하고 그 공인이 울면 세상이 깨끗해지기도 해서 사물도 좋아 싱글벙글 주변이 환해지기도 한다.

2월 7일, 그 공인의 싸늘한 냉기에 오금이 저리다. 모두가 벌벌 떤다. 모두 피해 건물 안으로 숨는다. 그 공인 앞에선 손이 시려 장갑을 낀다. 얼굴을 싸매고 대할 정도다.

3월 5일, 온 세상이 공인이 나눠 준 하얀 옷을 입고 있다. 밖에 나가면 무조건 흰 옷으로 통일한다. 옷을 뭉쳐 던지며 놀기도 하고 그 옷을 타고 분위기가 축제일처럼 연출된다.

이처럼 날씨는 변덕이 심하다. 그제는 공인의 후덕함 덕에

얇은 옷을 입고 맵시를 과시한 반면 오늘은 싸늘하고 냉랭함에 두꺼운 옷을 입고 화려함을 즐겼다. 그 공인의 단점일 수 있는 변덕을 장점으로 보면 여유가 생기고 변함없음의 가치를 인식하게 된다. 여기에서 단점은 장점의 키워드다.

외국 여행

우즈베키스탄은 2층이었다. 입구에서부터 외국 냄새가 났다. 어긋난 상상의 낯선 풍경에 호기심으로 올라서는 계단을 두려움이 짓눌렀다. 면적이 한국의 20배 인구 2천9백만, 몇백 배 축소된 꽉 찬 홀 안엔 한국이 보이지 않았다. 홀 깊숙이 빈 곳을 찾으니 외국이 차림표를 내민다. "한국이 즐기는 것은 뭐예요." 추천을 선택하고 이방인들 틈을 두 눈이 한창 누비고 있는데 우즈베키스탄이 화려한 차림으로 선보인다. 한입 받아들였을 때 웨이터를 불렀다. 이 우즈베키스탄 싸주실 수 있어요? 뱃속까지 느끼했다. 계산을 기다리는 카운터 앞엔 또 다른 우즈베키스탄을 세워놓고 있다. 저 우즈베키스탄도 포장해 주세요. 우즈베키스탄을 한국 가족에게 배달했다. 딸아인 우주, 베키스탄을 거부한다고 한 입으로 선을 긋고 남편은 소스를 찍어 뱃속까지 우즈베키스탄을 받아들인다. 아주 저렴한 한 끼가 충분히 외국을 선사했다.

제 3 부

검은 봄

어긋난 세계, 꽃피는 봄날이다. 만발한 꽃들이 싱숭생숭 바람을 뒤집는다. 이리저리 뒤집히다 꽃동네 삽화 속 풍경과 바람에 빠진다. 도서관은 늘 그녀를 읽는 곳이다. 글자들이 빽빽한 사연을 이루고 책 속의 연애는 절정이다. 잘 어울리는 커플이다.

그림 속 여자에게 청혼한다. 그녀를 만나자 해 저무는 줄 모른다. 울울창창한 나무도 봄 향기에 빠져 있다. 도서관 앞 벚나무가 꽃을 가지에 내걸고 바람의 눈은 여전히 책에 꽂혀 있다. 그녀가 꽃뱀으로 드러날 때쯤 그는 단물이 빠져 있다.

집으로 돌아오는 길, 쇼크였다. 버스에 책가방을 그만 놓고 내렸다.

느닷없이 그녀가 떠났다. 둘러보니 벚나무는 꽃을 버린 지 오래, 바람은 화들짝 책 속의 봄에서 빠져나와 다른 세계에 와 있다. 봄이 한꺼번에 다 사라졌다.

대기만성형

어떤 어긋난
가문에 새순이 돋았다.

그저 그런 집안이라
태어난 아이도 평범한 취급을 받는다.
작고 모가 나 관심의 대상이 되지도 못한다.
왜소해 보이는 소년은 언제나 조용히 사색한다.
청년이 되어선 큰 나무들에 치이지만
민첩하고 용감하고 정밀하다.
보이는 모습과는 달리 다부지고 강한 면모를 나타낸다.
묵묵히 자리를 지킨다.
바람도 태풍도 다 막아내고 산사태로 뿌리까지
뽑힐 것 같았지만 복구되기까지
안간힘으로 버텨내었다.

장년이 되어서 그는 유난히 빛이 난다.
그는 세상의 시선을 끌기 시작한다.
이름을 떨치고 세상은 그를 우러러 감탄한다.

말년에 더욱더 홍조를 띤다.
드디어 때가 되었기 때문이다.

그 뛰어난 면모와 이름이
지고 난 뒤에도 단풍잎 한 장
그를 아끼는 이들의 책갈피
속에 고이 남아 자태를
뽐내고 있다.

타이밍

이 어긋난 세계에는 우리가 태어나면서부터 여러 가지 선물을 받는다. 지구를 선물로 받고 그 외 것들은 덤이다. 그리고 그 선물을 마음껏 즐기는 몸도 선물이다. 그 몸으로 지구 속에 숨겨진 향을 맡고 맛을 보고 아름다움을 관찰하기도 한다. 어느 시점에선 자동차를 선물 받기도 하는데 그 자동차 기능 중 타이밍은 소음과 고속회전에 역할 기여와 생명과도 직결되어서 가는 시기가 참으로 중요하단다.

그리고 보물찾기처럼 인간의 몸 안에 숨겨진 선물도 있다. 이 선물은 푸는 시기를 액자에 가두어 두고 있다. '성년기 이후'라고 짝이 정해지면 구체적으로 날짜를 타진한다. 결혼식 날 열어야 한다고 단서 붙인 선물, 갑자기 어느 날 궁금해지는 그 선물은 교육 차원에서 타이밍을 지적 받지만 몸속 깊은 곳에 숨겨져 있어 늘 잊고 산다. 그런데 짝이 그 선물을 열고 싶어 하면 옷고름을 풀기도 하고 적정 시기를 찾아 단호하게 여미기도 한다.

그런데 몸속 그 관습이 언제부터인가 두 동강 났다. 자동차 부품도 제때 갈아야 하는 타이밍이 있는데, 꽉 찬 나이까지 선물을 열지 않으면 부끄럽게 여긴다거나 결혼 전에 그 선물을 열면 제명하는 곳도 있다.

돈키호테

어긋난 세계에서 돈의 노예가 된 사람은 돈이면 다 된다고 집, 지위, 명예, 옷, 신발, 팔, 다리, 눈, 코 등 온갖 좋은 것을 살 수 있다고 돈에 충성한다. 그러나 돈을 노예로 부리는 사람은 돈이 가족과 불화하고 우정에 금이 가게 한다고, 돈이 가정, 시간, 지식, 건강, 존경, 생명, 사랑을 살 순 없다고 그리고 돈이 음식은 살 수 있지만, 식욕까지 살 수 없으며 돈이 푹신한 침대는 살 수 있지만 잠까지 살 수 없고* 돈으로 지혜와 내적 아름다움과 기쁨까진 살 수 없다고 돈은 우리가 세상에 가지고 오지도 않았고 가지고 갈 수도 없는 오히려 돈이 본래의 사람을 없애고 이름만 남게 한다고 돈을 노예로 부리는 사람은 문둥병 환자가 돈을 구걸할 때 돈이 없어 손을 덥석 잡고 미안해함을 돈보다 더 좋아할 수도 있다고, 상상한다. 수전노라고 해서 돈만 아는 것으로 생각하지 않고 혹시 유언장에 좋은 일에 써달라는 나를 희생해 너를 돕고자 구두쇠가 된 것일 수도 있다고 돈을 돈키호테처럼 생각한다. 그러므로 돈은 돈키호테다.

* 노르웨이 시인 아르네 가르보르그

기억을 걷는 시간

우리 일행은
연극을 시작하기로 했어.

한 번도 가보지 못한 토굴에서 만나기로 했지.
감독이 반갑게 맞아주었어.
생각에서 어긋난 이상한 토굴이었지.
어두컴컴한 토굴로 들어가니 산들이 보이는 거야.
몇 개의 산을 지나 따라간 곳은 설악산이었어.

구멍이 뻥뻥 뚫린 산
벽난로를 가지고 있는 산
쟁기를 등허리에 걸친 산

정말 예술이었어.
검정 나막신도 한 켤레 가지고 있었지.
시도 산 정상에 걸려 있었어.
멋들어진 산속에서 감탄사를 연발했어.
예상에서 너무 어긋나

자동으로 놀라는 기막힌 연기를 할 수밖에 없었지.
감독이 이젠 맛있게 식사하는 장면 찍을 차례래.
잠시 후 시킨 주제들이 날라져 왔어.

생소함과 신기함, 둘이 먹다가 하나 어떻게
돼도 모를 특유의 납작한 그 무엇과
우리의 배 속 토굴을 여행한 산속에서 먹는 나물이
시가 되어 튀어나오는 거야.

우리가 맡은 연기는 토굴 속에서 줄곧
놀라움을 표현하는 역할이었지.
너무 인상적인 연극이었어.
배우가 극중 역할에 빠져들게 하는
제대로 된 연극은 그래야 한다는 거야.

지금도 나는
찰나가 된 기억의 파편들을
단톡방에 저장해놓고

토굴에서

삶이 놀람의 연속임을 재연하는 배우가 되곤 하지.

낮과 밤

등장인물

부자, 가난, 부자의 처, 가난의 처,

부자의 자녀들 : 아들, 딸

가난의 자녀들 : 아들, 딸

부자가 병과 충돌한 건강이 어긋난 처를 위해 가난의 처를 고용했다. 고용자와 고용인이 만나자 부자의 처와 부자가 충돌하고 가난과 부자가 다시 한 번 충돌하여 부자의 처가 목숨을 잃고 가난은 처를 잃었다. 낮과 밤이 더 뚜렷해졌다.

제1화

배경 : 〈가난의 집〉

아들 : 아버지 어머니는 어떻게 돌아가셨어요?

아버지 : 나중에

아들 : 저도 알아야죠.

아버지 : (여동생 눈치를 보며) 교통사고

딸 : 교통사고가 뭐야?

아버지 : 법을 어겨 충돌이 일어난 것.

제2화

배경 : 〈부자의 집〉

딸 : 나는 우리 어머니가 내 이상형이에요.

아들 : 저도 나중에 저희 어머니 같은 사람과 결혼하고 싶어요.

부자 : 정말 너의 어머니 같은 사람이 없다.

시간이 흘렀다.

그런데 시간이 부자의 편에 섰기 때문에 부자의 자녀는 새어머니와 행복의 팡파레를 불렀고 가난은 불행이 함께하여 가난의 자녀들에게서 어머니를 빼앗았으며 불행과 불행이 또 한 번 충돌하여 아버지마저 잃었다. 이들에겐 밤이 길고 더 어두워진 것이다. 그래서 남매가 고아로 성장한다. 그러다 어른이 된 가난의 아들이 낳아준 어머니와 우연히 만나 새롭게 충돌하게 된다. 그런데 따돌림이 쇼크를 주어 가난의 아들이 2차 교통사고로 죽음의 후유증을 낳는다. 혼자 남은 가난의 딸, 부자의 집에 접근하여 부자의 아들과의 결혼에 올인했다. 근데 가난의 딸 남편이 되자마자 폭력 사건으로 부자의 아들도 죽음을 맞이하고 어머니도 가난의 딸 폭로로 위기를 맞는다. 그러나 피는 물보다 진하다고 했던가. 결국 부자와 가난이 가족으로 합해진다.

요는, 빼앗은 부자가 가난을 짓밟고도 행복하고 빼앗긴 가난은 불행을 보복한다. 이것이 어긋난 세계의 부자와 가난이 낮과 밤의 차이로 나타난 시작과 과정과 결말이다.

밀운불우(密雲不雨)

어긋난 세상이 범죄와의 전쟁을 선포했다. 공중전화 박스가 날카로운 비수에 고함을 내지르고 PC방 게임이 거리에서 팡팡, 여기저기 사건이 수류탄처럼 터진다. 지하철이 최루탄을 터트리고 질서가 장렬하게 전쟁터에서 전사한다. 교직자 교수 판사 의사 심지어 부모까지 모두 범죄와의 전쟁을 벌인다. 범죄자는 시체를 방바닥에 묻고 그 위에서 태연히 잠을 잔다. 가짜가 진짜가 되는 것은 순간이다.

질서와 무질서를 분리하고 악과 의를 구분할 블랙리스트의 어둠을 뚫는 암행어사 박문수는 어디 있을까. 요즘 듣고 싶은 말은 느닷없이 출몰해 마패를 들이미는 암행어사의 우렁찬 목소리다.

진짜 구별법

어긋난
세계엔 명품과 짝퉁이 존재한다.
진짜와 가짜의 구별이 어렵다. 차이가 무엇일까?
종이 백에 적힌 JONGRO BOKTTOKBANG
아이가 묻는다. 엄마, 복덕방은 소개소와 같은 말이야?
그럼, 그 말이 그 말이지. 종이 가방을 요모조모
살펴보던 아이, 종이 백 뒷면을 내 앞에 내민다.

종로(福)떡방
그러면 그렇지 한참을 웃다 말고 '덕이 떡으로
어긋났네.' 나도 맞장구를 쳤다 그래, 복덕방에서
파는 복떡은 어떤 맛일까 그게 진짜일까 가짜일까
자고 나면 키가 훌쩍 큰다는 복, 한때 복을 사 간
복부인들이 빌딩을 올리고 한 번도 덕을 세운
일도 없는 누구는 자다가 떡을 얻어먹었다는데

복덕방에서 파는 떡이 정말 복떡 아닐까. 그런데
진짜 복떡을 파는 복덕방은

어디에 있는 거니?

작은 자들의 어깨 겯기

요즈음 TV 리얼리티에 매료된 시청률이 자꾸 산을 향해 올라간다. 어긋나게 잡담하는 입들이 뒤따르며 산보다 커진다.

오락실로 도망간 정신이 만원이다. 아이는 학교를 쫑 내고 청년은 직장도 팽 시키고 전염병 중증에 합류한다.

도박과 복권도 오라를 던진다. 성과 마약에 중독된 소수가 미끼를 물고 공격하는 입이 거리로 쏟아져 나온다. 중독을 확산시킨다.

생각 있는 입들이 보이지 않은 것이 보이는 엠파이어 빌딩보다 더 많은 정보를 저장하고 있다고 한다. 작은 자들도 어깨, 겯기를 통해 다른 각도로 더 크게 쓰일 수 있다고 진단한다. 치료를 권장한다.

소극적 대응책이 전전긍긍하고 투명과 밝음의 정신이 접촉 제한이라는 약을 투하하는 사이 격리된 전염병이 온 세상을 휩쓸어버린다. 봐도 되고 보면 안 되는 것, 옳고 그른 도덕과 비도덕이 한꺼번에 무너져내린다.

홍수를 만난 내 입이 저기 어딘가 떠내려가고 있다.

모양들

어긋난 세계의
꼭대기는 먹고 먹히는 동네다.

99.99%를 짓누른다. 괴물의 뾰족한 혓바닥이 유쾌하다.
노블레스 오블리주와 악수한다.
허리를 감고 웃음을 터트리는 몬스터
어떠한 적도 어떠한 도전도 단칼에 베어버린다.
하늘과 땅을 탐낸다. 힘없는 타인을 깔고 앉는다.
더러운 치부는 숨기고 실체는 없다. 풍문뿐인
그들을 우리는 몬스터라 부를 뿐이다. 괴물의
눈가에도 슬픔이 내려 실수 하나 노출하면
두꺼운 베일로 덮고 아예 없애버린다.
그들 세계는 한번 어긋나면 아무도
돌아보지 않는다. 무소불위가 급소다.
한 괴물이 꼭대기에 오르려 엘리베이터를 탄다. 간통으로
브레이크 없는 자동차를 몰아 가족을 박살낸다. 처를
암매장하고 살아남은 아이의 두 눈을 가려버린다.
바이러스를 퍼트린 뒤

아이를 엄마 죽인 패륜아로 누명 씌우고
우연히 맞은 항체는 아이를 항체로 만든다. 모든 것을
빼앗긴 처절한 밑바닥에서 한때 아이 자신도 괴물이었다.
비로소 눈을 뜬다.
세월을 가로질러 성인으로 자라는 동안 걸인이 되어
항체라는 카드로 신분을 바꾼다. 그의 영혼을 쏟아 부은
항아리의 공명통이 괴물의 약점을 파고든다. 몬스터의
탐욕이 아킬레스다. 탐욕으로 만든 일가는 외줄 타기다.
자칫 어긋나면 죽음의 문턱을 밟고 추락하게 된다.
0.01%의 베일에 싸인 속살이 공개되고 장난질하는
괴물의 민낯이 뜨겁다. 괴물의 눈에서도 눈물이
고일 때면 어긋남의 빈틈을 헤집고
바름으로 명품을 걸치게 된다.

진흙탕에서 시린 사랑이
꽃망울을 터뜨린다.

명품의 유효기간

첫걸음은
청춘의 젊음, 목련의 고고함과 벚꽃의 화려함이다.
세련미와 자신감은 더욱 만발한 봄을 연상시킬 것이다.
누군가의 발이 구두의 주둥이를 틀어막을 땐
벚꽃이 카펫처럼 깔린 길을 어긋난 교만이
짓밟을 것이다. 아름다움이 고고하게 계절 따라
화려한 날들을 걸어 터치감과 탄력성과 색감이
위태로워질 때 자신감도 수그러져 거친 시간이
진행될 것이다. 반짝,
영광의 시간은 한순간에 지나고 지금은
퇴락한 늦은 가을이다.
주인 잃은 외짝으로 색 바랜 낙엽처럼 추위에 나뒹군다.
마치 노파가 허리를 굽힌 모습이다. 콧노래 부르던
여름날의 녹음은 오래전 일이고
유효기간을 훌쩍 지나 공터에 버려진
흰 구두, 발을 놓친 구두는 무기력하다.
앙상한 가지만 남은 나무 옆에서 빗물이
그녀의 몸뚱이를 씻어 내리면 나뭇가지 끝에

매달린 영하의 겨울날 고드름처럼 자꾸만 뒤틀린다.
한때는 누군가의 길이 되어 풍성한 수확을 낸
초가을로 뚜벅뚜벅 전진했을 것이다.
황소처럼 당당한 걸음을 놓친 기울어진 구두 굽
짝을 잃어버린 외짝으로 버티는 겨울은 길어지고
유명 브랜드로 함께 걷던 기억은
점점 흐릿해질 것이다.

다수의

쉬잇! 선생님이다. 학생들이 우르르 자기 자리를 찾는다. 교실 밖 나무에도 딱새 한 마리 앉는다. 열심히 박꽃도 넝쿨로 나무를 휘감으며 박을 만들고 선생님이 KBS에서 학교폭력과 왕따의 실태 파악 차 왔다고 제작진을 소개한다. 아차 들켰구나! 겹겹 둘러친 긴장이 고요와 타전하고 가슴들이 온통 출입통제를 외치지만 동의가 마지못해 몰래카메라를 공개한다. 학생들 숨소리를 죽인다.

어긋난 생각이 박꽃을 쥐어박고 심술이 부추긴다. 반항하지 못하는 박꽃, 괴로움이 온 교실을 뒤덮는다. 삐딱함이 사슬을 만들어 박꽃의 넝쿨을 동여맨다. 딱새 다시 날아와 콩콩 박을 쪼아 댄다. 억울한 누명을 K군에게 뒤집어씌운다. 딱새 겁도 없이 때리고 목 조르고 욕하고 물품을 빼앗고 박을 쫀다. 그 광경을 지켜보던 7~8명도 합세한다.

피멍으로 아픔과 두려움을 머리에 인 K군 나무는 계속해서 이리저리 박 넝쿨을 뒤집는다. 한때 왕따였던 J군 조금씩 자신을 드러내 비틀린 공격을 가한다. 다시 왕따가 되지 않으려는 몸짓이다. 딱새 역시 맹목적으로 박을 파먹으며 날아오른다. 철봉처럼 매달린 넝쿨 줄지어 입질해 오는 서풍과 소용돌이치는 바람을 감당하는 K군 하얀 이빨을 드러낸 나무의 보복에도 박꽃은 허공을 붙잡는다. 설문 조사에 도와주고 싶지만 '나도 왕따당한다.'는 기울어짐과 '나와 상관없다.'가 하나의 사건으로 내려놓는다.

실태 파악의 입김이 지켜본 다수의 양심이 한바탕 바닥에 굴렀던 왕따라는 이름을 산산조각낸다.

다시 교실 안과 밖에 하얀 함박웃음이 피어난다.

우격다짐 행복다짐

어떤 이가 나보고 자꾸 시인하래요. 시인은 아무나 하느냐고 싫다고, 싫다고 하는데도 어긋남을 잘 꼬집고 사물을 바로 보는 능력 있으니 부득부득 시인하래요. 나는 시인은 못 한다 못 한다 하는데도 자꾸만 시인하래요. 그의 끈질기고 집요한 우격다짐에 어떤 결함이나 잘못이 없는 것 같았지만 시인하겠다고 스스로 시인하고 말았죠. 그는 기왕 시인하였으니 시인을 제대로 하라네요. 그래 시인 별거냐? 자존심 조금 굽히고 사과하거나 바라본 사물을 글로 그릴 줄 알면 시인인 거지. 시인 뭐 어려울 것 있나요? 까짓것 시인하죠. 시인할게요. 그렇게 해서 난 시를 쓰는 시인이 되었죠. 그러니까 우격다짐의 무자비함에 꼬집혀 시인하는 태도로 바꿨더니 기분이 업그레이드되어 행복다짐으로 바뀌었다고나 할까요.

제 4 부

100세 시대 분석

1.

언젠가부터 몸이 어긋나기 시작했대. 살려달라고 소리 질렀대. 새벽 1시에 눈을 뜬 A. B가 힘을 다해 목을 조르고 있었대. 병원으로 달려갔대. 심장 내 관동맥이 막혔다고 했대. 위독하다고 했대. 수술하지 않으면 0%. 하면 50%. 당장 수술대에 올랐대. 근데 갑자기 수술을 못 하겠다고 했대. 동맥을 찾아 심장까지 바늘을 넣어야 했대. 근데 혈관을 찾을 수가 없었대. 억지로 뚫으면 무슨 일이 일어날지 모른다고 했대.

한번 해보라고 했대. 99%든 1%든 생명은 J의 손에 달렸으니까. J는 혈관을 찾기 시작했대. 20분이 지났대. 정말 포기하려 했대. 근데 난데없이 혈관 하나가 나타났대. 처음 보는 혈관이라 확신은 없었대. 순간 생명은 J에 달렸다는 A의 말이 용기를 주었대. 바늘을 넣어 봤대. 0%의 불가능이 100%로 가능이 됐대. 역시 이 분야엔 J뿐이라는 사실이 입증됐대.

2.

A와 B가 또다시 싸움을 시작했대. B가 A에게 레프트 훅을 날렸대. 비틀거리는 A. 건강이 어긋나게 됐대. 옆구리를 한 대 맞고 쓰러지기 직전. 그때 또다시 치명타를 머리에 한 방 맞았대. 이제 몸져누워버리게 됐대. 그래서 병원을 찾았대. 의사의 진단은 수술이 필요하댔대. 그래서 여기저기 엑스레이를 찍었대. 근데 병명이 같다고 했대. 그래도 A는 걱정하지 않았대. 한번 어긋난 적신호를 거뜬히 이겨낸 적 있었대. 그래서 자신의 의지를 총동원하고 의학상식을 적용하며 자연식을 섭취하면서 좋다는 것은 다 해보았대.

이번에는 J가 A와 B의 경계를 허무는 분석 기법에 들어갔대. 그러자 B가 비틀거렸대. 그리고는 힘없이 물러섰대. 그래, 더 자신감을 얻은 A. 다시 박차를 가했대. 그랬더니 B가 나가떨어졌대. 그리고는 뒤도 안 돌아보고 저만큼 달아나 버렸대. 다시 찾은 건강. 자신만만해진 A. 이제 관리를 아주 잘하게 됐대. A와 B의 경계에서 J 다짐은 달려가던 대로 였대. 그래서 전보다 건강을 위해 운동하고 친해지며 열심히 더 뛰게 되었대. 이제 7, 80에서 100세로 수명을 점차 늘려 가고 있대. 경곗값은 장수의 비결이었대. 무척 행복해졌대.

반어적 상황

층층 탑을 쌓은 세종대왕의 왕관은 수천수만 번 읽은 책들이 해시계로 튀어나오고 선군으로 주도권을 잡았지만 어긋난 사랑이 죽음을 불렀다. 솔로몬의 왕관은 최고의 성전과 풍요가 열매로 맺히고 사물의 이치가 숲을 이뤄 지혜의 왕이라 불리지만 어긋난 것을 사모하고 진리를 외면하여 모든 것을 잃었다.

사람은 누구나 왕관을 쓴다. 왕관은 모두가 선호하지만 젊을 때 왕관을 받으면 기를 쓰고 숨기려 한다. 나도 어긋난 스트레스로 서른 넘어 하얀 왕관을 받았지만 검은 왕관으로 바꾸었다. 사람들은 내가 왕관을 쓴 줄 모른다. 그러나 어느 날 방문한 요양병원은 하얀 왕관을 쓴 사람이 많았다. 그 왕관이 어머니 눈에도 보기 좋은지 감추려고 애쓰던 왕관을 요즈음은 내놓고 쓰고 있다.

프랑스 소설가 베르나르 베르베르도 하얀 왕관 쓴 사람을 높이 평가하여 그중 하나를 잃게 되면 도서관 하나를 불태운 것이라 비유했다. 그만큼 지혜의 샘이자 보고의 왕관이

영화의 면류관이라는 뜻이다. 나도 버스 탈 때 그 왕관 앞에서 일어서고 있다. 대접받으려면 그 왕관을 내놓고 쓸 필요가 있다. 하지만 그 왕관을 감추려고 오늘도 나는 흰 머리를 염색한다.

양파의 작용

양파처럼
둥근 그녀

근육 혈관 소화 기능 피 모두
정상으로 만드는
재주를 가졌다.

다이어트도 필요 없는 그녀는 점점 둥글어져 갔으나 미래를 위해 전전긍긍 밀봉을 하고 과대 포장했다.

근사한 포장에 설레던 한 남자가 그녀를 구입했다. 하루하루 피부노화방지의 탱탱한 탄력으로 얼굴을 바꿔 입은 그녀는

골밀도 면역력 강화로 독한 냄새를 다 지웠다. 발에 묻은 흙을 털어내고 어둠에 묻힌 뿌리도 잘라냈다. 제법 잘 굴러갔다.

그러다 어긋나게도 그녀를 과도하게 섭취하여 지혈 혈당 조절 위장장애 변비 설사 문제를 유발하기 시작했다.

어느 날

뚱뚱해진 남자가 그녀의 포장을 풀었다. 벗겨진 속을 빠르게 깁고 가려 보지만 바꾸어 입은 말은 제 몸에 맞지 않았다.

남자는 겹겹으로 껴입은 옷을 벗기다가 그만 지치고 말았다. 양파 속처럼 점점 작아지더니 끝내 그녀의 육체는 보이지 않았다.

돌아온 싱글이라는 꼬리표가 붙고 독한 기운만 남아 오래 지워지지 않았다.

여자의 소유권

TV가 세 과부의 대역을 한다. 대야에 가득한 남자의 그것을 상상한다. 웃음을 자아낸다. 금단의 실과라 타지 않아야 할 손길이 술 취하면 꺼내고 여자를 사귀면 사용횟수가 많아진단다. 당당함과 움츠림도 방앗간 탓이란다. 그때 초인종이 정말로 남자의 그것을 배달해 왔다. 큼지막한 자루에 하나 그득이다. TV 속 세 과부의 것인데 배달이 어긋난 듯싶다. 그쪽으로 전화할까 하다가 다락에 감춰뒀다.

며칠 후 TV가 어긋난 배달을 재방송한다. 나도 감추어둔 것을 꺼내와 물수건으로 닦기 시작한다. 온종일 남자에 시달리다 청정할매가 찧어 먹고 빻아 먹고 여든 삶이 건강하다기에 방앗간으로 갔다. 일은 방앗간에서 성사된다고 했던가. 아작 내니 부피가 확 줄었다.

이번에는 엉덩이가 희고 통통한 여자를 목욕탕에서 씻긴 후 아작 낸 남자와 살을 섞게 했다. 그리고 내 입속에서 또 한 번 아작 내는 어긋난 사랑법이라고나 할까. 어긋난 사랑법이다. 방앗간의 효력은 육체에 심하게 피로를 몰고 오고 남자를 한입 베어 물었다가 혼쭐났다.* 여자의 소유권인 김치 담그는 일 정말 만만찮았다.

* 권애숙 시인 시 참조

흥부와 놀부

어긋나지

않는 관건은 연계이다.

( )가 이것을 대신한 것이다. 이것은 무엇일까?

( )가 없어서 어디 붙어야 유리한가를 생각한다. (놀부)

( )는 정직 능력 선을 실천할 때 자란다. (흥부 놀부)

( )는 권력 재력 명예에 매달리면 저 멀리 달아난다. (흥부 놀부)

( )가 없어서 앞에서 설치고 뒷전은 거부한다. (놀부)

( )가 부재라서 자기를 잃어버렸다. (놀부)

( )가 멀리 떠나가 집단적 권력욕으로 편을 가르게 됐다. (놀부)

( )로 돌아오는 것은 악이 사라지는 것이다. (놀부)

( )의 부족으로 사회적 지탄을 받기도 한다. (놀부)

주변 정리를 잘하는 것도 ( )를 보존한 원동력이다. (흥부)

한 공동체의 존폐는 구성원의 일치 연합과

겸손과 ( )의 충족에서 비롯된다. (흥부)

( )는 부모의 생명체를 닮았다. (흥부)

노력과 자양분 공급으로 ( )가 자랄 수 있다. (흥부 놀부)

( )를 몸이 습득하게 하려면
긍정을 옷 입고 삶을 웃음으로 둘러야 한다. (흥부 놀부)
( )를 있는 그대로 인정해준다. (흥부)
( )는 주위에 의하여 옷 입기도 상실하기도 한다. (흥부 놀부)
( )는 노력하면 열매가 맺힌다. (흥부 놀부)
( )로 꽃을 피우면 이름이 바뀐다. (놀부)
행함엔 ( )가 맺히기 마련이다. (흥부)
( )를 가지고 있어서 도덕적이며 주는 일을 첫째로 두고
하늘 은행에 ( )를 많이 저장하게 되는 것이다. (흥부)
( )는 영을 가진 흥부에겐 있고 철저하게
육을 가진 놀부에겐 어긋나 있다.

( )는 사랑일까?

숨은 공로자

여보게, 자네
내가 움직일 때마다 연기자가 늘어난다는 사실 아는가.
뭐라구
연기자가 기막힌 생각을 키워 어긋난 생각이 자랐을 때
관람객이 생기는 사실 말이야.
뭐라구
내 지휘를 얼마나 잘 소화하느냐에 따라 관람객
수가 다르다는 사실 말일세.
뭐라구
나로 인해 유능한 연기자의 연기를 관람하는
관람객 수를 증가시키지. 단체로 여기저기
불려 다니고 이 스크린 저 스크린에서 볼 수 있기도 해.
유명한 배우들이 다시 재연하는 연극을 볼 수 있기도 해.
뭐라구
나는 부지런히 진두지휘 할 거야 어긋남을 장점으로
눈물을 채워 주르륵 쏟아지도록 관람객의 머릿속을
넓혀주고 삶을 빛나게도 하니까.
뭐라구

여보게, 자네
내가 한자리에서 깜빡깜빡 쉬고 있을 때 연출자는
이리저리 머리 굴리며 일하는 것 모르지. 사실
나도 현실에서 어긋나버린 실업자처럼 일하고 싶어
그래서 열심히 준비운동 중이고 연기자도 배역을
맡고 싶어 대기하고 있다는 사실을 모르지.
뭐라구
나, 커서가 키운 연기자들이 실전에서 뛰기 위해
어긋난 시대의 직장 부재로 졸업을 앞둔
학생들처럼 연출자의 서재에서
줄을 서고 있다네. 연기자가 대중을
장악할 때도 나는 필요하다네. 맡은
역할을 가지고 뛸 수 있으려면
나를 거치지 않고는 대사를 머릿속에
넣을 수 없는 사실을
모르지.

싸움의 기술

두 사람이 어긋난 모습으로 힘겨루기해요. 꽃잎 같은 생각으로 불편함을 편지로 쓰세요. 쉬이 마음이 바뀌지 않아도 갓 출고된 자동차같이 호기심을 가지고 바라보세요. 심기를 살펴야 할 의무가 있으나 감옥에 갇혔다가 세상으로 풀려난 느낌이면 괜찮아요. 마음으로 어긋남을 드라이해도 오금이 저리거나 가슴이 답답하고 맥을 못 출 땐 조용히 옆에 엎드려 있어 주세요. 어긋난 마음을 합치려고 해도 괜찮겠지요. 다각의 굴절에 따라 재충전 장소가 견고해질걸요.

다양한 싸움에서 삶이 호락호락하지 않다는 걸 알기까지 속마음을 다 내보이세요. 반칙과 의심이 1순위겠지만 상대에게 우선권을 드리세요. 노력이 어긋나 수포가 되고 실핏줄이 살짝 어렸다고 발광하지는 마시고요. 순간이 독이 될 땐 조용히 호흡 조절을 하세요. 불쾌한 기억이 떠오를 땐 혼자서 사람의 소중함을 음미하세요. 맥박과 체온이 정상이면 한 방 강하게 따발총을 날리기도 하시고요. 휘감는 회오리에 어긋난 문제가 있어도 유머러스하게 잽싼 몸으로 대처하면 미래가 지겹지는 않을 거예요. 한 방울 이슬 같은 촉촉함으로 마음을 적시고 살며시 웃음으로 달래보기도 하시고요. 그러면 아마 강한 바람이라도 멈출걸요. 지그시 힘겨루기에서 항복하세요. 그러면 평생 같이 달려야 할 상대가 꽃잎처럼 화사한 고화질의 품격이 될 거예요.

쿠데타

안녕하십니까? ○○○ 리포터입니다. 인터뷰를 예약하고 무거운 가방을 들고 어긋난 마음으로 녹차의 고장을 방문 중입니다. 지금 화면에 건너 건너 거대한 차밭이 마중 나오고 있습니다. 차나무들이 일어나 녹색 어족의 몸짓으로 찾아주심을 온몸으로 감사하고 있습니다.

어서 오십시오. 반기는 음절이 어긋난 마음을 조합하고 찻잎이 녹색 지대로 안내해주었습니다. 살기 어려운 세상이지만 아이디어가 녹색의 세상을 확장했습니다. 걱정한 대로 화끈화끈 쏘는 파란고추장이 맵기만 합니다. 행간을 따라 고픈 배들이 파란떡볶이 파란밥 파란라면 파란자장면 파란치킨 파란삼겹살로 채우도록 유혹하며 고요했던 세계에 몸짓 언어로 반란을 일으켜 어긋난 녹색 세상을 만들고 있습니다.

Q : 왜 녹색 혁명을 일으키셨습니까?

A : 어두컴컴한 곳에 여린 잎들을 침투시켜 녹색의 언어

로 비밀리 타전한 결과입니다. 허공을 어긋나게 지휘하는 녹색이 중년의 스트레스에 휴식을 주고 젊음, 건강, 그리고 하늘을 주름잡듯이 이름도 날리고 흥미도 있고 몸에도 맞고 즐기기도 하고 돈도 갖다 줄 것 같아 상식선에서는 어긋나지만 날개가 돋아나라고 남들이 안 쓰는 방법을 출동시켰습니다.

Q : 그럼 앞으로도 녹색 전쟁을 계속 벌이시겠습니까?

A : 네 요람에서 무덤까지 다들 사용하여 가장 잘 팔리는 색다른 녹색 혁명을 투여하고 영상에 담아, TV에 선전 포고를 하고 여러 제품을 만들어 잡지사 요리 전문 업체에도 지원요청을 하여, 어긋남이 없도록 백방으로 맹훈련시키겠습니다. 손 내밀어 녹색 혁명에 가담한 모든 입맛이 형편이 다소 어긋나더라도, 그 혁명을 지지하게 되리라고 생각합니다. 아주 치밀한 작전으로 웃는 날이 되도록 반드시 행동하는 언어로 밥상을 점령할 것입니다.

Q : 그럼 그렇게 되면 오류를 외치며 순수로 돌아가자는 말이 나올지도 모르는데 계속 침투시키겠습니까?

A : 그렇게 되면 우는소리 때문에 계획이 어긋나 아이디어를 철수할 수밖에 없을 것입니다. 그래서 문서 하나하나 오차가 없도록 뇌 기능을 제대로 발휘하겠습니다. 사전에 모든 것을 섭렵해 어긋난 것은 철거를 하겠습니다. 적을 알고 나를 철저히 알아가겠습니다. 빈틈없는 행보와 몸짓언어로 쿠데타가 되지 않도록 결정을 잘 전달하고자 합니다.

부동산의 가치

어긋난 세상엔 덩치 큰 부동산이 인기 절정이다. 클수록 마음을 뻣긴다. 하지만 나는 매일 평수를 줄이려 노력한다. 그래서 공원의 무료 물리치료실을 자주 찾는다. 15명의 치료사가 세상을 거꾸로 추천한다. 제일 선호하는 치료사 7번은 부동산 평수를 한참 줄여주어 당당하다.

하늘 높고 땅 넓은 줄 아는 아파트가 마구잡이로 값을 부풀린다. 그런데도 나는 재산을 줄이려고 싸운다. 나이에 맞게 탄력을 촉진하는 치료사들과 식이요법의 도움을 받아 155의 혈당을 총공격하여 15킬로그램 감량했다. 부도 직전의 내 부동산이 활기를 띤다. 재산관리의 귀재들이다.

어긋난 세상은 큰 덩치에 몰입하여 부르는 게 값이다. 하지만 진짜 부동산은 작은 진주다. 그래서 나는 오늘도 작은 크기로 줄이려 투자한다. 그 무엇보다 값진 건강을 위하여

B boy dance

지진이에요.
지구가 흔들거려요.

가정도 흔들 나라도 흔들 경제도 흔들거려요. 물가도 흔들 마음도 흔들 이리저리 흔들려 빼앗고 할퀴는 어긋난 세상이에요. 말로 할퀴고 마음으로 할퀴고 손으로 할퀴어요.

정치꾼이 권력을 휘두르자 여론도 휘둘리고 민심도 휘둘리고 천지가 휘둘리게 되어요. 그 장단에 맞추어 세상 장면도 어긋나고 사고도 어긋나고 사상도 어긋나고 돈도 어긋나고 세상도 어긋나고, 모두가 지배당해요. 치명상 입은 사람들, 서로 물고 뜯고 쥐어박으면서 생채기 내요.

한바탕 요란하게 싸움질한 세상, 쌩쌩 비호처럼 달음질해요. 치솟는 물가도 가짜뉴스도 허위 경력도 덩달아 뜀박질해요. 모든 것이 뜀질하니 사이버도 뜀질하고 문명도 뜀질하고 허겁지겁 달음질해요. 세월도 지구도 크고 작은 지진도 갖가지 문제도 가속도를 높여 엎어지고 뒤집어져요. 고꾸라

졌다 자빠뜨렸다 물구나무서기 빙빙 돌리기 지그재그로 걷기 자기도취에 빠진 사람들, 흔들흔들 비 보이 댄스 춤을 추어요.

그러다 갑자기 음악이 멈추고 현란한 스텝을 리듬으로 바꾸고 제자리를 찾아 죽은 듯 조용해져요. 숨소리까지 멈추는 듯해요.

숫자 전문가들

지구라는 우주선이
12345678 숫자로 된 하루를 한 장씩 넘기고 있다.
숫자 하나에 의미가 두 겹 세 겹 포개져 보물섬 암호 같다.
지구 우주선은 오늘도 숫자에 골몰한다.
숫자와 씨름하며 어제는 오늘로 오늘은 내일로
이동하면서 날마다 하루를 숫자로 체크한다.
지구가 넘기는 숫자는 일반 숫자와 닮았는데
하얀 밤을 끼워 넣고 24시간 함께
할 만큼 매력이 넘치는 숫자들이다.
어긋난 어제도 성공한 오늘도 모두
그날의 숫자에 집중하고 있다.
모두가 암호에 몰두하며 삶을 풀어간다.
정말 숫자 전문가들이다.

24시간과 7일과 30일로 분류되고 1년을 주기로 교체되는
숫자들인데 벽에 걸어 놓고 그
숫자들을 하루에 하나씩만 대입한다.
맨 앞 리더로 세워진 빨간 숫자는 주일로 된

숫자들을 이끌고 산과 바다와 사람들과 어울려 숫자로 된
하루를 의미 있게 푼다.
9 이상을 넘기고 나면
시선을 집중하는 어긋난 숫자 쌍으로 나란하다.
마음 가는 숫자에는 목도리까지 해주고 밤과 낮을
세어가며 손꼽아 기다리기도 한다.

그렇게 한 달을 순서 지켜가며 지구 우주선이
숫자로 된 하루를 한 장씩 넘긴다.
기억을 어긋낸 자만이 숫자를 잃어버리고 오랜
암호에 매달리거나 붙잡고 뛰어넘을 뿐이다.
주검의 생채기 숫자 하나 사정없이 내리박힌 육체.
가슴들이 숫자 몇 개씩 꼬리에 꼬리가 붙들려서
숫자를 어루만지며 하루하루를 넘긴다.
30번 넘기고 책장도 12번 넘기면서 또 한 해를 타전한다.
쉬지 않는 지구는 일출을 향해
계속 운행한다.

일일 대통령

꽃이 만발한 봄날,
도로가 보통날과 많이 어긋나 있다.
멋진 유니버스 아가씨들이
일렬로 폼 잡고 서 있기 때문이다.
적당한 간격으로 두어 시간 거리를
하나하나가 자기 아름다움을 뽐내며 과시한다.
누가 덜한지 더한지 구분이 어렵다.

우리가 지나갈 것이라는 정보를 듣고
반기려고 몇 년 전부터 몸매를 다듬고 가꾼 그녀들.
정말 감탄사가 절로 나온다. 우우-
바람이 야유라도 보낼라치면 쭉쭉 빵빵 그녀들은
갖가지 포즈를 바꿔가며 웃음을 터트린다.
관심을 사로잡는다.

일렬횡대로 줄지어 서서 대통령을 환호하던 그 모습이다.
그녀들이 그 기분을 알고 그때를 재연하고 있다.
우리는 대통령이 된 기분이다.

지나가는 사람이라고 다 아는 것은 아니다.

광대뼈가 튀어나오고
눈이 움푹 파이고 키는 전봇대 같던 링컨이
미소가 매력적이고 남자답고
눈은 정의로 빛나고
잘빠진 신사 중의 신사라고
시각이 확 바뀔 수 있는 것처럼
오늘 벚꽃 축제가 그 대통령을 닮았다.

이상한 거래 명세서

어긋난 세계에서
한 남자와 한 여자가 서로 만나
몇 년 동안 입 아프게 거래했다.

남자가 여자에게
자기 집에서 살림을 살아달라는 그런 거래였다.
여자가 튕기며 뜸을 들이는데도
다른 사람 구할 생각을 전혀 하지 않는다.
이상한 거래다.
여자 역시 어엿한 직장이 있으면서 그다지 싫은 기색이 아니다.
자신의 월급을 얼마 받아야 할지 묻지도 않고
오로지 남자에게만 관심이 있다.
여자가 남자 집으로 거처를 옮기는 날은 동네방네 소문내고
잔치까지 벌이며 증인을 세웠다.
기념으로 화려한 사진도 걸어놓고 즐기면서
출퇴근하며 밥도 짓고 청소도 하고 아기도 낳아 주는 이

상한 거래.

종일 노동의 대가도 없이 우는 애를 업고 동동거리면서도
마냥 행복해하는 거래 남자도 피 같은 월급을
여자에게 통째로 맡기고도 어디에 얼마를 썼는지
남은 돈은 얼마인지 묻지도 않고 따지지도 않는 거래.
오직 정이라는 이름 하나로 아이의 잔병치레가
통장을 거덜 내도 잘 키운 건강이 거래 명세서고
통장의 잔고라는 이상한 거래.
온통 그들의 관심이 아이에게 집중되고
사랑을 사방으로 전달하는 이상한 거래.
그 거래가 온 세상을 점령하고 있다.

해설

세속의 어긋남과 시적 역설
— 박종인의 시세계

구모룡(문학평론가)

시인의 마음이 화해를 지향하고 동일성을 추구하는 일은 지속적인 시적 과정이다. 나누어지고 어긋난 삶을 고뇌 없는 조화로움으로 봉합하는 서정은 없다. 오히려 시인은 궁극의 화를 추구하기에 대립하고 싸우고, 분열하며 흩어지고 얽히는 세속에 더 민감하다. 시적 발상의 근본적인 원천은 기원의 단절이지만 이로부터 비롯하는 비극적 감성을 쉽게 초월할 수 없는 게 시인의 숙명이다. 시인은 환상에 눈멀기보다 그 이면의 진실을 보려는 존재이다. 박종인 시인의 개성적인 발화도 일상과 현실에서 만나는 어긋남의 사태를 구체적인 언어로 기술하는 데서 나타난다. 과연 그는 "어긋남을 잘 꼬집고 사물을 바로 보는 능력 있으니 부득부득 시인"(「우격다짐 행복다짐」에서)이 되었음을 고백한다. 또한 「세상에 이용당하자」라는 시편의 한 구절이 말하듯이 그는 "어긋나 있는/이 세상을 많이도 원망했었다"라고 한다. 세상을 추수하며 "나를 잃어버리는 것인 줄도 모르고" "자기중심적"인 삶이 "나를 망가뜨리는 것인 줄 모르고" "한 세상에 흡수되어" 살았다는 성찰적 자아를 표출한다. 이러한 가운데 "세상에 이용당하자"라는 표제처럼 '수동적 적극성'의 의미를 되새기게 된다. 이처럼 박종인의 시적 지향은 세속의 어긋남을 드러내면서 그 너머 긍정과 화해, 나아가서 행복의 지평을 상상한다. 이는 "세상이 감옥"(「사형수」에서)이라는 전언이 말하듯이 현실에 관한 시인의 회의주의적 태도를 반영한다.

> 세상이 감옥이다.//어긋남이 모든 사람에게/사형선고를 내렸다./눈앞에서 죽음의 장면이/비일비재하게 펼쳐진다./형 집행이 진행되고 있다./모든 육체가 형장으로/한 걸음 한 걸음 떼어놓고 있다./삶의 보폭이 줄어들고 있다.//이미 죽은 사람들이다.(「사형수」 부분)

이 시편에 표출된 시적 화자의 의식은 환멸에 가깝다. "어긋남이 모든 사람에게/사형선고를" 내렸으므로 세상은 이미 사형을 앞둔 사람들 혹은 "죽은 사람들"로 가득하다는 불길한 장면을 연출하고 있다. 시인이 이와 같은 극단의 이미지를 소환하는 까닭은 「카인의 후예」가 제시하는 인간관에서 만나게 된다. 시편의 표제는 성경에 기대어 동생 아벨을 죽인 카인을 인류의 초석으로 간주한다. 또한 이러한 처음의 폭력이 확대 재생산된 혼돈이 오늘의 현실이라는 인식이다.

> 시합이다./오뚝이가/뒤뚱뒤뚱 술 취했다./똑바로 서지 않고 자꾸만 거꾸로 선다./앉는 줄 알았더니 돌아눕는 궁수/쓰러지지 않으면 오뚝이가 아니란다./점점 어긋나게 부추기는 세상/손짓과 유혹에 넘어지고 일어서기를 반복한다.//자기 꾀에 취한 오뚝이/분노에 사로잡히고/치고받고 엎어지고 뒤집어지고/자기를 잊어버린다./선수도 관람객도 영역 표시를 넘어선다.//화살이 과녁을 향해 날아간다./맘대로 자유를 휘두른다./죽음의 그림자가 멀리 어긋난 길로 내달린다./오뚝이 다시 무대에서 일어나지 못한다.//숨죽인 오열/손뼉 치는 관객들/주먹이 날아다니고 혼란을 부추기던 심판관이/아수라장을 빠져나간다.//외면당하는 궁수를/풍선처럼 소쿠리에 담아 띄운다./콧방귀에 활의 줄 끊어지고/오뚝이가 낭떠러지에서 곤두박질친다.//화살은 날아가는 중심도 없다.//과녁이 뒤따라가고 있다.(「카인의 후예」 전문)

긴 전문을 인용한 연유는 이 시가 차지하는 중요성 때문이다. 알레고리의 수법으로 시적 화자는 인간의 조건을 말하고 그 존재 의미를 극적으로 제시한다. 극적 제시의 방법은 「낮과 밤」이나 「쿠데타」와 같은 시편에서 표나게 드러나 있기도 한데 시인이 현실을 중대하고 심각한 상황으로 인식하고 있음을 잘 보여준다. 가령 전자는 "빼앗은 부자가 가난을 짓밟고도 행복하고 빼앗긴 가난은 불행을 보복한다. 이것이 어긋난 세계의 부자와 가난이 낮과 밤의 차이로 나타난 시작과 과정과 결말"이라는 귀결에 이르고 후자는 "녹색혁명"이 어긋나 "쿠데타가 되지 않도록" 해야 한다는 "결정"에 도달한다. 마찬가지로 「카인의 후예」가 전달하려는 의도도 인류가 처한 긴박한 상황이다. "궁수"와 "오뚝이"라는 과녁, "선수"와 "관람객", "관객"과 "심판관"의 역할과 위치가 모두 어긋나 있다. 자기 꾀에 취하거나 서로의 영역과 경계를 넘어선다. 이러한 상황에서 "죽음의 그림자"가 내달리고 오열과 환호가 뒤섞인다. "혼란"과 "아수라장"의 연속이다. 모두 어떤 환상을 좇는 욕망에 사로잡혀 자기를 상실한 데서 연유한다. 시적 화자는 "카인의 후예"가 만든 현실의 무대를 혼돈으로 인식한다. 이 대목에서 나는 자끄 엘룰이 말한 "도시의 의미"를 환기하려 한다. 인류 최초의 도시인 에녹은 카인이 만든 도시이다. 그의 해석에 기대면 인간의 도시는 죄와 폭력에 기초한다. 박종인의 「카인의 후예」도 이와 같은 해석의 맥락을 공유하는데 이는 「작은 자들의 어깨 겯기」가 환기하는 바와 같다. 시초에 어긋난 인간의 삶은 현대에 이르러 "옳고 그른 도덕과 비도덕이 한꺼번에 무너져" 마침내 "홍수를 만난 내 입이 저기 어딘가 떠내려가고 있다"라는 묵

시적 예감으로 표명된다.

박종인은 회의적이고 때론 환멸적인 현실을 '어긋남'이라는 의미로 이해하고 설명한다. 그의 시편이 보이는 어긋남의 양상은 '나'로부터 가족과 사회 그리고 세계로 동심원을 그리면서 확장된다. 먼저 자기의 문제는 앞에서 「세상에 이용당하자」라는 시편을 통하여 알 수 있듯이 세계와 거리를 만들고 환각에 이끌리지 않고 환상의 시스템을 벗어나는 의지적 수행으로 풀고자 한다. 「부동산의 가치」에서 시적 화자는 "그래서 나는 오늘도 작은 크기로 줄이려 투자한다"라고 역설의 어법으로 발화한다. "큰 덩치에 몰입"하는 규모의 경쟁에서 놓여나 "작은 진주"와 같은 장소를 찾고 "그 무엇보다 값진 건강을" 획득하겠다는 의도를 품는다. 타자의 욕망이 아니라 자기의 욕망이 주는 진실에 충실하겠다는 태도이다. 이는 본디의 "순수함"(「뒷걸음질」에서)을 견지하려는 노력에 상응한다. 물론 「시각적 사유」가 말하듯이 고향을 떠난 "나는/몽유병 환자"처럼 "향수병이랄까 마음의 담장을 넘은 탈옥수랄까/어긋난 인생"을 아프게 자각한다. "일곱 살 소꿉놀이 그림이 그려진 풍경" 앞에서 "타향만 리 떠나온 숨죽인 죄인"으로 인식하는 의식의 발현이다. 유년의 고향을 통하여 순수한 자아를 회복하면서 동시에 현재의 자아를 죄의식으로 바라본다. 이와 같은 자아의 이중화는 한편으로 어긋난 사태이지만 다른 한편으로 어긋남을 넘어서는 과정이다.

> 지금도 범죄자가 되어/아무도 몰래 어릴 적 고향의 둘레를 배회해요./마음의 발소리 따라가 보면/칡넝쿨 우거지고 돌담으로 둘러친//섬세하고/정 넘치고/끈적거리고//물, 공기, 바람까지도 재잘재잘 소리내어요./가슴속 깊이 숨겨놓은/그 옛날 내가 태동했던 자궁 속 아늑함이에요./오늘도 비슷한 무엇이 뇌리를 스치면/지난 삶이 수갑을 채우고/고향이 스케치되어 끌려와요./지난 삶의 흔적에 빨간 줄이 그어져요.//무자비하게 정신을 지배하는/몽유병은/형벌처럼 몽타주로 시비를 걸어요./과거의 목을 잡고 아프게 조이는 듯해요.//오늘도 나는 나도 모르게/독특한 음영, 명암으로 감방을 만들며/옛날의 필름을 현상하면서/날마다 고향을 펼쳐 들고/편집하는 몽유병 환자가 되어요.(「시각적 사유」 부분)

이 시편에서 시인이 문제 삼는 어긋남은 심각한 의식 현상으로 나타난다. 단순하게 생명의 시원이자 모성의 근원인 고향 회귀를 통하여 현실의 불화와 고갈을 대체하고 있지 않기 때문이다. 현실은 그러한 고향을 그리고 추억하는 '나'를 "범죄자"로 만드는 위력을 지니고 있다. "무자비하게 정신을 지배"하며 순수한 그리움을 "몽유병"이 되게 한다. 그만큼 난폭한 세계가 압도적이다. 「타이밍」이나 「100세 시대 분석」은 "어긋난 세계"에 처한 몸의 이야기이다. 변화하는 몸 관습과 의료 기술에 의존한 수명은 삶의 의미를 변화시킨다. 몸으로서의 지구라는 인식이나 생명과 기술의 문제가 시인의 시적 관심의 지평 안으로 들어온 장면이다. "어긋난/세상의 아이러니"는 몸과 죽음에 대하여 자주 "이 사회의 잘못된 자가당착"(「모순」에서)으로 나타난다. 자아와 몸에 이어 펼쳐진 영역은 가족이다. 시인은 「인생 성공가이드」에서 우화를 통하여 가족의 어긋남이 마음의 문제임을 말하고자 한다. 사람을 위협하는 칼이 마음을 움직이는 길이 될 수도 있고 "영과 육과 골수를/생각까지 발라내는 말씀"이 되기도 한다는 말이다. 가족은 때론 어긋난 현실을 봉합하고 진정한 화해를 얻어내는 장치가 되기도 한다. 「진정한 효도」는 수도관이 파괴되어 물난리를 만난 도로와 교통사고를 당한 아들을 병치시켜 고치고 치료하는 과정을 통하여 사회적 어긋남을 치유하는 방법을 제시한다. 수수께끼의 기법으로 쓰인 「흥부와 놀부」가 말하듯이 시인은 어긋남의 대안에 "사랑"이 있음을 말한다.

> 어긋난 세계에서/한 남자와 한 여자가 서로 만나/몇 년 동안 입 아프게 거래했다.//남자가 여자에게/자기 집에서 살림을 살아달라는 그런 거래였다./여자가 튕기며 뜸을 들이는데도/다른 사람 구할 생각을 전혀 하지 않는다./이상한 거래다./여자 역시

어엿한 직장이 있으면서 그다지 싫은 기색이 아니다./자신의 월급을 얼마 받아야 할지 묻지도 않고/오로지 남자에게만 관심이 있다./여자가 남자 집으로 거처를 옮기는 날은 동네방네 소문내고/잔치까지 벌이며 증인을 세웠다./기념으로 화려한 사진도 걸어놓고 즐기면서/출퇴근하며 밥도 짓고 청소도 하고 아기도 낳아 주는 이상한 거래./종일 노동의 대가도 없이 우는 애를 업고 동동거리면서도/마냥 행복해하는 거래 남자도 피 같은 월급을/여자에게 통째로 맡기고도 어디에 얼마를 썼는지/남은 돈은 얼마인지 묻지도 않고 따지지도 않는 거래./오직 정이라는 이름 하나로 아이의 잔병치레가/통장을 거덜 내도 잘 키운 건강이 거래 명세서고/통장의 잔고라는 이상한 거래./온통 그들의 관심이 아이에게 집중되고/사랑을 사방으로 전달하는 이상한 거래./그 거래가 온 세상을 점령하고 있다.(「이상한 거래 명세서」 전문)

이처럼 시인은 가족 관계를 "이상한 거래"라고 한다. "어긋난 세계에서" 그나마 예외적인 형태가 온존한 영역이라는 의미이다. 남자와 여자의 만남, 가사와 바깥일의 노동 분업, 대가 없는 교환, 부모와 자식의 사랑 등에서 어긋나지 않는 거래가 존재한다. 하지만 가족애와 가족주의는 다르다. 사랑과 믿음으로 이뤄진 진정한 관계의 한편에 어긋난 관계가 가족주의로 위장되기도 한다. 시적 화자의 의문은 가족주의의 "이상한 거래"에 있다. 그러니까 맹목과 헌신, 그림자 노동이 바탕이 되는 가족은 어떠한 가치와 위상을 가지는가? 망가지고 해체되는 세상에서 가족이란 무엇일까? 시적 화자는 분명히 "이상한"이라는 수식어를 통하여 물음을 던진다. 물론 시인은 "돈의 노예가 된 사람"이 아니라 "돈을 노예로 부리는 사람"(「돈키호테」에서)을 추구한다. 돈으로 사는 교환가치가 아니라 돈으로 살 수 없는 사용가치를 앞세우고 진정한 관계의 회복을 염원한다. "가짜가 진짜가 되는" "어긋난 세상"에서 "질서와 무질서를 분리하고 악과 의를 구분할 블랙리스트의 어둠을 뚫는 암행어사 박문수"의 출현을 갈망한다. "요즘 듣고 싶은 말은 느닷없이 출몰해 마패를 들이미는 암행어사의 우렁찬 목소리"(「밀운불우」에서)라는 구절에서 시인의 정치적 무의식이 드러나기도 한다. 그만큼 "어긋난 세계"에 관한 비판의식이 강렬하다.

시간은 세 시에 사망했다.//여기는 에덴, 젊고 싱싱한 차들이 쌩쌩 달린다. 갑작스레 사과 하나 훔쳐 먹자 도미노 현상이 전개된다. 멀쩡하던 도로가 용량을 초과한 트럭에서 큰 통을 하나 떨어뜨린 것 같다 문제가 많은 세상이다 도로는 급속히 구부러지고 휘어지고 차에서 뛰어내린 통은 폭탄이다. 도로가 꽝꽝 폭발한다. 질병과 불안전이 연쇄 충돌한다. 비명은 역대급이다. 직진으로 달리던 속도는 쓰러지거나 주저앉았다.//사고의 파편이 이리저리 튕긴다. 뒤따라오던 오후의 이마에서 피가 흐르고 의식이 흐릿해진다. 속도는 방전되고 주말의 고속도로가 폭발한다. 사람들도 폭발한다. 도로변 가로수들도 덩달아 폭발하고 길의 꼬리는 점점 늘어난다. 피비린내 나는 역사의 뒤안길이다. 마지막 날의 특징들이 튀어나온다.//길가에 잠복했던 레커차가 구급차보다 발 빠르게 달려오고 하이에나 떼처럼 득시글, 사람들이 신음을 낚아챈다. 사건들이 아파서 아우성친다.(「어긋난 세계」 전문)

앞서 언급한 「카인의 후예」의 후속 시편이라고 해도 과언이 아니다. "마지막 날의 특징들이 튀어나온다"라는 절박한 구절에서 시적 화자는 종말론적 실존이 된다. "에덴"에서 쫓겨난 카인의 후예가 건설한 도시는 폭력과 질병과 불안전이 만연하다. 파국을 향한 속도가 커지면서 종말의 징후가 뚜렷하다. 욕망과 속도와 자본은 같은 방향을 추구한다. 하지만 이 시편의 비유처럼 "고속도로"에서 서로 앞서려는 차량이 사고를 일으키고 속도를 방전시킨다. 이처럼 지구 또한 엔트로피의 증대로 파국에 이를 수 있다. 돌이켜 볼 때 "피비린내 나는 역사의 뒤안길"은 폭력의 예감으로 가득하다. 이 시편에서 "레커차가 구급차보다 발 빠르게 달려오고 하이에나 떼처럼 득시글"거리는 장면이야말로 시적 화자가 인식하는 세계상을 제대로 요약한다. "사건들이 아파서 아우성"치는 전도된 형국이다. 이처럼 세속의 어긋남에 대한 시인의 인식이 심각하다. 이러한 태도가 시적 구성을 극화하고 시적 언어를 직설로 만든다.

"어긋난 세계"에 대한 시인의 환멸은 낭비되는 시간과 소진되는 생에 대한 시인의 감각을 고조시킨다. 「시간 구하기」는 "소진되는 시간", "낭비되는 시간"을 구할 방법을 찾는다. 이 시편의 부제가 "욕심"이듯이 타자의 욕망에서 벗어난 "제대로 된 정신"이 "시간을 설계"하고 "시간을 구"한다고 생각한다. 이는 달리 말하여 "정신세계의 각도와 관점에 따라"(「1%의 온도 차이」에서) 사물에 대한 인식이 달라질 수 있다는 생각이다. 환멸의 세계상에 응전하는 자아의 입장이 선연하다. '세계 내 존재'인 시인에게 파국의 이미지는 극단의 상상에 속한다. 여기에 개입된 종교적인 상상력을 쉽게 단정하긴 어려우나 기독교적인 시각이 적지 않아 보인다. 그렇지만 시인의 언어는 종교의 의장보다 현실주의에 더욱 입각하고 있다. 일상과 생활, 사물과 사건을 구체적으로 지각하는 데서 시적 발화를 지속한다. 이러한 점에서 「명품의 유효기간」이 말하는 소진과 소멸의 시간에 대한 세심한 관찰을 또한 주목하게 된다. 세계에 대한 회의와 환멸이 생활세계를 희생하거나 소거하는 형태로 나타나지 않기 때문이다. 시인은 어긋남에 예민하게 감각하고 때론 사물과 사건을 어긋나게 하면서 시적 발화를 강화한다. 그렇지만 이 모두 어긋남을 넘어서려는 갈망과 무연하지 않다. 이는 시적 역설이다.

전 세계가 코로나로 어긋났다. 크고 작은 공포가 비행기 타고 몰려다닌다.//이번엔 코로나가 자동차를 탔다. 그 덕에 이기적 태도가 뒷걸음을 치더니 이제는 파랗고 동그랗게 멈춘다. 호수 같은 사랑이 서로를 끌어당긴다. 작은 사랑이 열매를 맺더니 자아제일주의와 자기자랑 시대를 이긴다. 흐트러트린 어긋남도 무너뜨리고, 맛있고 달콤한 바름이 백신처럼 끼어든다. 마구 굴러다니던 홍청망청도 밀어내고, 어긋나 있는 세상이 잊고 살았던 아름다움이 각 가정에서 팔랑팔랑 헤엄친다. 마주치지 않은 확진자에게도 바다처럼 넓고 깊게 따뜻한 마음이 전달된다. 걱정하는 심사가 모든 사심을 내려놓고 진정과 진정이 이어진다. 평행선에서 넌지시 바라보는 파란 동그라미와의 관계, 전 세계가 애착이 생겨 서로서로 TV를 타고 자선을 파랗게 요구한다. 어긋난 세계를 바로잡고 인류의 적 바이러스를 지구 밖으로 밀어낸다.//변종들, 저만큼 물러난다!(「긍정적 사고」 전문)

시적 화자는 "코로나"로 어긋난 세계를 반성과 회심의 계기로 받아들인다. 인간의 "이기적 태도"가 멈추고 자연이 되살아나는 현상을 목격하면서 새로운 사랑의 발명 가능성을 예감한다. "자아제일주의와 자기자랑 시대"로 규정한 나르시시즘의 문명이 종언을 고하고 "흐트러트린 어긋남" 대신에 “맛있고 달콤한 바름”이 등장한다. 무질서에서 질서로 전환하였다는 시인의 입장 표백이다. “마구 굴러다니던 홍청망청”으로 “어긋나 있는 세상”에서 “잊고 살았던 아름다움”이 “가정”으로 귀환한다. 가족애가 더해지고 사람 사이의 연대가 확연하게 커진다. 지구적인 인식이나 인류애 또한 코로나 상황이 가져다준 선물이다. 이 시편의 결구는 “어긋난 세계를 바로잡고 적 바이러스를 지구 밖으로 밀어낸다”라고 선언한다. 코로나 이후에 새로운 세계가 도래하기를 갈망하는 시인의 염원이 오롯하다. 이처럼 박종인은 “어긋난 세계”를 환멸과 파국으로 바라보기도 하지만 이와 달리 회복과 생성의 갈망으로 나타내기도 한다. “휘감는 회오리에 어긋난 문제가 있어도 유머러스하게 잽싼 몸으로 대처하면 미래가 지겹지는 않을 거예요”라고 「싸움의 기술」의 시적 화자는 말한다. 부단히 어긋남을 이겨내는 방법을 탐문하고 있음을 시사하고 있다. 그만큼 그의 시는 ‘반어적 상황’을 수용하는 열린 문법 혹은 시적 역설의 구조를 내포한다. 이는 어긋남의 극단에서 바름을 보고(예를 들어 「모양들」에서) 어긋남이 만연한 현실에서 그와 다른 화해와 생성의 풍경을 발견하려는 노력으로(예를 들어 「대학가요제」, 「B boy dance」, 「추수감사절」 등에서) 나타난다. 애써 형성한 역설의 언어가 더 단단한 구조로 발전하기를 기대한다.

박종인

2010년『애지』등단
시집『미술관에서 애인을 삽니다』,『연극무대』
부산부경대학원 석사과정 수료

산지니 시인선

001 **금정산을 보냈다** 최영철 시집 *2015 원북원부산 선정도서

002 **소금 성자** 정일근 시집 *2016 세종도서 우수문학도서

003 **석간신문을 읽는 명태 씨** 성선경 시집

004 **봄 꿈** 조향미 시집

005 **그냥 가라 했다** 강남옥 시집

006 **쪽배** 조성래 시집 *2021 한국문화예술위원회의 문학나눔 선정도서

007 **사슴목발 애인** 최정란 시집 *2017 세종도서 우수문학도서

008 **당신은 지니라고 부른다** 서화성 시집

009 **나는 기우뚱** 이지윤 시집

010 **다음에** 조성범 시집

011 **은근히 즐거운** 표성배 시집

012 **나이지리아의 모자** 신정민 시집

013 **다다** 서규정 시집 *2016 세종도서 우수문학도서

014 **맨발의 기억력** 윤현주 시집

015 **새로운 인생** 송태웅 시집 *2018 세종도서 우수문학도서

016 **내가 살아온 안녕들** 김해경 시집

017 **오늘은 눈이 내리는 저녁이야** 김점미 시집

018 **정녀들이 밤에 경찰 수의를 지었다** 이중기 시집

019 **겨울 해바라기** 손화영 시집

020 **어긋난 세계** 박종인 시집

어긋난 세계

초판 1쇄 발행 2022년 10월 14일

지은이 박종인
펴낸이 강수걸
기획실장 이수현
편집장 권경옥
편집 신지은 강나래 오해은 김소현 이선화 이소영
디자인 권문경 조은비
펴낸곳 산지니
등록 2005년 2월 7일 제333-3370000251002005000001호
주소 부산시 해운대구 수영강변대로 140 BCC 613호
전화 051-504-7070 | 팩스 051-507-7543
홈페이지 www.sanzinibook.com
전자우편 sanzini@sanzinibook.com
블로그 http://sanzinibook.tistory.com

ISBN 979-11-6861-094-1 03810

* 책값은 뒤표지에 있습니다.
* 잘못된 책은 구입하신 곳에서 교환해드립니다.
* 본 도서는 2022년 부산광역시, 부산문화재단 '부산문화예술지원사업'으로 지원을 받았습니다.

부산광역시 PUSAN METROPOLITAN CITY 부산문화재단